PRIMEVÈRES.

POÉSIES

PAR

J.-B. MOULET.

Fleurs d'avril !

MARSEILLE.

ABRAM CADET, LIBRAIRE-ÉDITEUR,

Rue St-Ferréol, 1

1865.

PRIMEVÈRES.

Marseille. — Typ. et Lith. Barlatier-Feissat et Demonchy, rue Venture, 19.

PRIMEVÈRES.

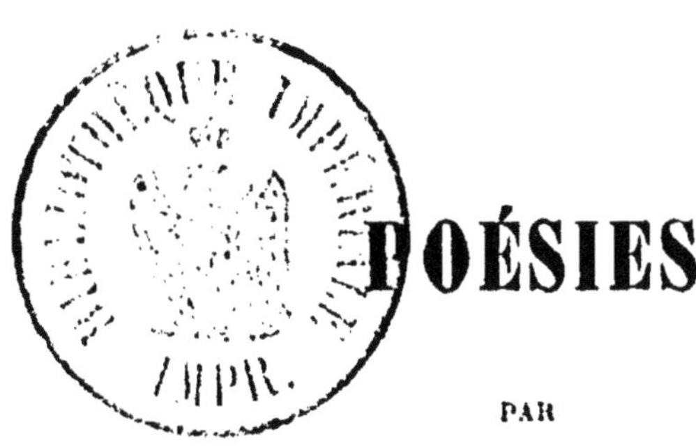

POÉSIES

PAR

J.-B. MOULET.

Æternum floreant !

MARSEILLE.

ARRAU CADET, LIBRAIRE-ÉDITEUR,

Rue St-Ferréol, 1.

—

1865.

PRÉFACE.

I

A cette heure où le cadran du vieux Kronos marque le déclin du XIXe siècle, — de ce siècle indécis, fiévreux et tourmenté, comme toute époque de transition, — quel est le bulletin sanitaire de la Poésie ?

A ce sujet, les échos du Parnasse retentissent de deux voix, rappelant la philosophique antithèse d'Héraclite et de Démocrite.

La première exprime une plainte lugubre; la seconde, une félicitation et une espérance.

L'une, sur le diapason mélancolique et traînant des lamentations du prophète Jérémie, entonne en psalmodiant : *la Poésie se meurt, la Poésie est morte !*

L'autre, joyeuse comme le chant matinal du tourtereau, fredonne en roucoulant : *la Poésie vit encore, la Poésie vivra toujours* !

De ces deux voix aux allégations contraires, laquelle a raison ?... laquelle a tort ?...

Discordantes voix, je ne serai point embarrassé pour vous concilier.

Vous avez toutes deux raison et tort ; cela dépend du point de vue d'envisager la question.

Toute question a deux faces ; toute médaille a son revers.

La Poésie est, de nos jours, plus concentrée qu'expansive, plus intime que professionnelle, plus *ésotérique* qu'*exotérique,* ainsi que diraient les philosophes grecs.

Je veux dire que la Poésie n'a plus, à l'heure présente, cette influence électrique, éminemment communicative, qu'elle exerce sur les masses à l'aurore d'une civilisation.

La foule ne s'émeut plus au récit cadencé des rhapsodes grecs retraçant les tendres frayeurs de l'amour conjugal d'Andromaque, ou les paternelles supplications de Priam prosterné aux pieds du terrible Achille, et lui redemandant les cendres d'un fils glorieusement tombé pour la défense de sa famille et de sa patrie !

Le public, soucieux et affairé, ne pleure plus

au chant du troubadour, ce rhapsode du moyen-âge, dépeignant au valeureux châtelain et à la sensible châtelaine, l'héroïque et navrant trépas du paladin Roland qui, avant de rendre son âme à Dieu, s'efforce de briser sur un roc son épée, crainte quelle ne tombe aux mains de l'ennemi !.... ou les douloureux sanglots de la ravissante Fleur-de-Lys qui, dans un songe trop véridique, a vu tomber sur le champ de bataille son intrépide et bel amant Brandimart !

Mais, si le temps est passé de la Poésie populaire, il nous reste la Poésie individuelle et solitaire, dont les œuvres de M. de Lamartine sont la plus brillante expression, comme a dit le Quintilien français, M. Désiré Nisard.

Autour de Lamartine, ce soleil du tourbillon poétique de la France au XIXe siècle, se groupent et circulent, planètes plus ou moins splendides, à diverses distances et avec leurs spéciales couleurs, de gracieux essaims de bardes à l'âme impressionnable et sensible, qui, à l'exemple du maître, célèbrent les douceurs de la rêverie aux bords des lacs ou sous les ombrages, ainsi que les délices et les déceptions de l'amour.

Eh bien ! je le déclare en toute franchise :

moi, qui ne suis point un rigide Aristarque, — et qui d'ailleurs ai mes raisons d'emmieller et d'endormir, pour mon compte particulier, l'affreux Cerbère de la critique littéraire, — j'aime ces poètes, précisément parce qu'ils croient encore à ce qu'un monde stupide et frivole appelle des *illusions;* car ces illusions sont les réalités des esprits d'élite, des cœurs aux sentiments élevés et délicats.

J'aime ces rêveurs candides qui voient dans l'Océan autre chose que de l'eau; dans les montagnes, autre chose que des rochers; dans les champs et les forêts, autre chose que de l'herbe; dans l'atmosphère, autre chose que des gaz élastiques et transparents.

Dans ce dit siècle, si brutalement traité de *positif,* comptons-les, ces courtisans de la Muse, qui chantent encore l'amour et la gloire, les bois et les coteaux.

Ils sont, pour le moins, deux cents par département.

La France ayant aujourd'hui le bonheur de posséder, si je ne me trompe, 89 départements, il y a donc, en France, environ dix-huit mille poètes.

Et les sceptiques, ces oiseaux de nuit, jaloux peut-être du chant de nos harmonieux rossignols, oseront encore nous répéter, de leur voix criarde, ce triste et menteur refrain : *La Poésie se meurt, la Poésie est morte !...*

Ils nient la lumière, parce qu'ils l'évitent ; parce que ses rayons blessent leurs yeux !

Fuyez, vilains hiboux !... Courez vite vous cacher dans vos antres noirs dont vous n'auriez jamais dû sortir.

II

L'auteur des PRIMEVÈRES, M. J.-B. Moulet, s'est déjà fait connaître par de jolies romances que le succès a couronnées. Aujourd'hui notre poète offre aux amis de la littérature un petit bouquet de ces fleurs de l'âme, que nous avons nous-même vues naître et s'épanouir ; dont nous avons, par avance, admiré le frais coloris, humé le suave parfum.

Apprécions ces poésies dans leur caractère esthétique, — comme diraient nos voisins les Allemands, ces profonds penseurs.

Les vers de M. J.-B. Moulet sont empreints d'un véritable charme ; coulants et faciles, sans manquer pour cela de saveur ni de fermeté dans l'expression, ils se gravent, pour ainsi dire, d'eux-mêmes dans la mémoire ; ils exhalent une senteur douce, enivrante, qui surprend et séduit tout d'abord, avant qu'on se soit donné le temps de les juger ; ils se distinguent par le plus exquis naturel et la plus vive sensibilité ; ils se recommandent, en outre, par une parfaite correction.

N'imitant pas ces rimeurs d'une intarissable et malheureuse fécondité, qui jettent à la tête du public leurs paquets de vers trop peu remaniés sur l'enclume d'Apollon, l'aimable auteur des PRIMEVÈRES a fait lui-même un choix des plus scrupuleux dans la gerbe de ses productions ; il a lentement retrempé et mûri ses vers au feu sacré de l'autel des Muses ; en un mot. il a suivi le sage conseil de l'ami des Pisons, qui disait d'une œuvre inédite : *nonum prematur in annum.*

D'ailleurs notre poète, doué d'une nature éminemment candide et modeste, n'a jamais eu de prétentions trop élevées; il obéit à la voix de son cœur, qui lui dit de chanter, — et il chante; chez lui, la poésie est un produit de l'instinct plutôt que de la volonté, absolument comme l'oiseau fait son nid, comme l'abeille distille son miel, comme le ver-à-soie file ses légers et merveilleux tissus. Après cela, l'auteur s'inquiète peu s'il a fait aussi bien ou mieux qu'un autre; il a voulu bien faire, et a travaillé consciencieusement, voilà tout; et nous croyons qu'il a réussi.

L'ensemble des pièces de ce recueil forme la plus piquante variété; elles contrastent entre elles comme les teintes de l'arc-en-ciel, comme les notes de la gamme musicale.

La muse de M. Moulet reflète, de la manière la plus heureuse, ces impressions d'un charme intime que l'éternelle beauté de la nature fait et fera toujours sur les âmes sensibles et rêveuses. Tour à tour triste et gaie, mélancolique et sémillante, sa lyre chante, variant sa modulation selon la différence des sujets, les joies et les déceptions humaines, les affections du foyer domestique, les délices et les amertumes de l'amour. Nous avons surtout remarqué l'élégie intitulée *Adieu,* dont nous admirons le ton de fine réticence qui la termine :

Et pourtant, dans mes bras, vous me disiez : *je t'aime;*
Votre main, qui tremblait, m'attirait près de vous !...
De baisers votre bouche, en son délire extrême,
Couvrait mon front brûlant penché sur vos genoux !...
De grâce, répondez !... que pensiez-vous, Madame ?...
Etait-ce un souvenir, qui s'envolait aux cieux,
D'un monde regretté dans le fond de votre âme, —
Miroir étincelant de l'éclat de vos yeux ?...

Vous ne répondez rien !... et votre froid silence
Est pour moi plus poignant qu'un insultant mépris !...
Vous ne me dites rien !... pas un mot d'espérance
Pour consoler mon cœur gémissant et surpris !...
Eh bien ! soyez heureuse !... et loin de vous, cruelle,
Je vivrai désormais ; car vous me réprouvez...
Et, malgré vos rigueurs, ô coupable infidèle,
Je n'oublirai jamais.... tout ce que vous savez !

Venez donc, gentils rêveurs et beautés mignonnes, — venez respirer les délicieux parfums des PRIMEVÈRES.

Æternum floreant!... comme dit l'auteur au frontispice de son œuvre, — et ce vœu sera répété par tous les amateurs de jolis vers.

C'est la grâce que je leur souhaite, et qui ne leur manquera pas, ainsi que m'en assurent mes poétiques pressentiments.

COMTE EUGÈNE DE PORRY.

Lundi, 29 mai 1863.

SPERANZA.

SPERANZA.

—

> Ramenez la paix et l'amour
> Au sein de mon âme épuisée,
> Comme la nocturne rosée
> Qui tombe après les feux du jour.
>
> LAMARTINE.

Noble fille du Ciel, radieuse Espérance,
Soutien des affligés, ne m'abandonne pas !
Viens raffermir mon cœur, alléger ma souffrance....
Sans toi, point de repos, ni de joie ici-bas !

Qu'auraient donc les humains sans ta douce présence ?..
Des regrets et des pleurs qui seraient éternels.
Quand l'espoir nous délaisse, amère est l'existence;
Et notre seul refuge est aux pieds des autels.

Sois toujours devant nous, ô bienfaisante étoile!
Inonde de lueurs l'azur de notre ciel ;
De l'horizon brumeux viens dissiper le voile,
Et pour nous sois le feu que suivait Israël.

. . . .
. . . .

Notre cri suppliant, de toi s'est fait entendre...
Dans l'éther lumineux, consolante clarté,
Tu parais à nos yeux et tu viens nous surprendre,
Admirable en ta gloire et grande en ta bonté.

PERLE DU CIEL.

PERLE DU CIEL.

—

La rosée arrondie en perles
Scintille aux pointes du gazon.
Th. GAUTIER.

Perle du ciel, ô fertile rosée,
Viens féconder nos champs et nos moissons !
Lorsque par toi la terre est arrosée,
Tout nous sourit, et nous te bénissons.

Tu fais briller de tes célestes larmes
Les dons que Dieu prodigue à ses enfants ;
Du laboureur tu bannis les alarmes,
Et par tes soins nos guérets sont riants.

Quand, le matin, sur la rose embaumée,
Tes perles d'or éblouissent nos yeux,
Les doux pensers de notre âme charmée
Avec amour s'élèvent vers les cieux.

Oui, c'est à toi que la nature entière
Doit sa beauté, ses parfums et ses fleurs;
Et tes bienfaits, comme l'humble prière,
Viennent tarir la source de nos pleurs.

LA FANEUSE.

LA FANEUSE.

—

> Si j'admire ces feux épars
> Qui des nuits parsèment le voile,
> Je crois te voir dans chaque étoile
> Qui plaît le plus à mes regards.
>
> LAMARTINE.

Lorsque les blonds épis ondulent dans la plaine,
Et que l'astre du jour se lève radieux,
J'erre dans le vallon, ainsi qu'une âme en peine,
Et langoureusement je contemple les cieux.

J'aime à revoir la haie où neige l'aubépine;
La mousse au vert tapis, la branche où pend le fruit;
Je frémis de plaisir, mon esprit s'illumine,
Comme le ver luisant qui brille dans la nuit!

Le frais ruisseau scintille au pied de la colline,
Tel qu'un ruban d'azur semé de perles d'or.
La faneuse en chantant, folâtre, s'achemine;
Quand elle disparaît, mon œil la suit encor.

Ses cheveux ruisselaient sur son épaule nue,
Ses doux regards sur moi se fixèrent soudain ;
Je me sentis troublé..... dès sa première vue,
Je l'adorais déjà. — Ce fut, hélas ! en vain !

Je ne la revis plus, cette vierge si belle,
Dont l'aspect gracieux avait séduit mes sens ;
Car l'ange de la mort la toucha de son aile;
Dieu voulait près de lui cette fleur du printemps.

RESSOUVENIR.

RESSOUVENIR.

—

> Il est cruel, poignant, de perdre ceux qu'on aime ;
> C'est un énorme poids qui tombe sur le cœur.
> La mort, monstre inhumain, qui fit pâlir Dieu même,
> Enveloppe nos jours d'un réseau de douleur.
>
> Elise MOREAU.

Regardez, mes amis, au pied de la montagne,
Ce champêtre réduit ?... c'est mon toit de campagne
Où je viens quelquefois me recueillir tout seul.
Mon bonheur est de lire, à l'ombre du tilleul,
Lamartine et Musset ; mais, ô surprise étrange !
Je ne puis avec eux oublier ce doux ange
Qui plane dans mon cœur, comme un beau séraphin
Au céleste regard, aux lèvres de carmin.
Dieu me l'avait donné pour embellir ma vie ;
Il me l'a pris, pourtant !... son image chérie

Nous reste seule ici pour consoler nos cœurs
Abreuvés de chagrins et noyés dans les pleurs ; —
Souvenir triste et doux en ces maux que j'endure,
Mais qui ne peut du cœur refermer la blessure !... —
Les champs, les bois, les prés et les monts reverdis
Ne me disent plus rien ; car je n'ai plus mon fils !

A UNE VIOLETTE.

A UNE VIOLETTE.

—

> Heureux qui répand des bienfaits,
> Et, comme toi, cache sa vie !....
> E.-C. Dubos.

Douce petite fleur, toi dont la modestie
A nos yeux attendris retrace la vertu,
Parle-moi, je le veux .... Oh ! réponds, je t'en prie....
Où donc est ton beau ciel, de quel climat viens-tu ?

« O poète, je viens du bleu pays des anges, »
Me répond la fleurette, en se penchant vers moi,
« Et de mon Créateur je chante les louanges,
« Comme un barde inspiré, plein d'extase et de foi ! »

EUCHARIS.

EUCHARIS.

—

Hélas ! et dans mon cœur un froid de mort pénètre
Quand je ne te vois plus !... et j'attends, pour renaître,
Un souffle de ta bouche, un rayon de tes yeux !

Jules LACROIX.

Créole aux noirs cheveux, ta prunelle rayonne
De molle volupté, de suaves plaisirs.
Lorsque je t'aperçois, tout mon être frissonne,
Et dans mon cœur troublé renaissent les désirs.

Oh ! j'aime contempler tes ineffables charmes ;
Je ne puis me lasser du bonheur de te voir ;
Un seul moment d'absence est un siècle d'alarmes
Pour moi ; mais un mot seul calme mon désespoir.

Viens languir dans mes bras, ma belle souveraine ;
Va, je t'adorerai jusqu'à mon dernier jour.
Et le temps passera, sans que sa froide haleine
Puisse éteindre jamais l'ardeur de mon amour.

PAQUERETTE.

PAQUERETTE.

—

Fleur dit souvent ce que bouche doit taire.
Auguste DESPLACES.

O sympathique fleur, pâquerette charmante,
Luxe de la nature, oracle des amours,
Je viens t'interroger... — mon âme impatiente
Veut savoir si ma belle à moi songe toujours.

Parle-moi sans détour ! Oh ! réponds, je t'en prie....
Daigne me raconter ce que pense son cœur.
Si son amour est vrai, — dans mon âme ravie,
J'adresserai tout bas hommage au Créateur.

Un peu, — me réponds-tu. — Mais ce n'est rien encore?...
Ton prophétique aveu ne m'a point satisfait.
Sois complaisante et bonne ; à genoux je t'implore !...
Ecoute ma prière, exauce mon souhait.

Et le dernier fleuron de sa blanche couronne,
En soupirant : *beaucoup*, s'échappa de mes doigts ;
Et j'allai, tout ému par cette fleur mignonne,
Rêver de mon bonheur, sous l'ombrage des bois.

DEUX ANGES.

DEUX ANGES.

—

> Les deux blancs chérubins, levant leur front courbé,
> Avec plus de ferveur prièrent au jubé.
>
> Hégésippe MOREAU.

Dans les âpres sentiers de cette triste vie,
Je rencontre souvent, à l'ombre de mes pas,
Deux anges gracieux que mon âme éblouie
Contemple avec amour en soupirant tout bas.

Ils sont beaux tous les deux. — Sur leur front étincelle
L'image du bonheur, pénétrante clarté
Qui réchauffe mon cœur d'une flamme nouvelle !...
L'un se nomme Espérance, et l'autre Charité.

L'Espérance me guide et toujours me console.
Elle dit : « Patience et tu seras heureux !...
« Si tes chagrins sont grands, jamais ne te désole....
« Je n'abandonne point les hommes vertueux. »

La Charité, vers ceux qui souffrent en silence,
Me conduit par la main, me disant : « Fais du bien
« A la faible vieillesse, à la timide enfance;
« Protége-les toujours, sois leur noble soutien. »

Les deux anges s'en vont ; et moi, tout seul je reste,
Songeant à leurs conseils, rêvant de leur beauté,
Quand une voix me dit : — ravissement céleste! —
« C'étaient vos deux enfants, Espoir et Charité. »

. . . .
. . . .

La foi, dans notre cœur, a laissé son empreinte ;
Puisque sous d'autres cieux nous renaissons encor,
Je les verrai tous deux dans l'éternelle enceinte,
Resplendir devant moi comme un beau nimbe d'or.

C'EST LE PRINTEMPS!

C'EST LE PRINTEMPS !

—

C'est vraiment le mois du mystère,
Des amours le gai rendez-vous ;
La nuit, le ver luisant éclaire,
La lune a son croissant plus doux.
Pierre DUPONT.

Le doux printemps revient, de mai voici la fête.
La nature a repris tous ses plus frais atours.
C'est le mois des lilas, et de la pâquerette,
C'est le mois des plaisirs, c'est le mois des amours.

L'oiseau, plus gracieux, sous la verte ramure,
Célèbre en ses chansons le retour du printemps ;
Et le ruisseau jaseur, de son bruyant murmure
Mêle à sa tendre voix les plus joyeux accents.

Le printemps rend heureux le pauvre et le poète. —
Dans les sentiers fleuris, parlant de leur destin,
Ils élèvent vers Dieu leur âme où se reflète
L'image de leur cœur, pur comme un beau matin.

Tout renaît, tout sourit, dans les champs tout s'agite;
Folâtre est le zéphyr, coquettes sont les fleurs;
Éclose, l'on revoit la blanche marguerite,
Dans nos prés émaillés des plus vives couleurs.

La nature endormie au printemps se réveille;
Saluons sa beauté par des hymnes d'amour.
Sa parure éclatante est plus qu'une merveille ;
Célébrons à l'envi son magique retour.

A LA POÉSIE.

A LA POÉSIE.

—

> Sur cette terre infortunée,
> Où tous les yeux versent des pleurs,
> Toujours de cyprès couronnée,
> La lyre ne nous fut donnée
> Que pour endormir nos douleurs.
>
> LAMARTINE.

Suave poésie, oui, ma reconnaissance,
Comme l'encens au ciel, s'élève jusqu'à toi !
Daigne me prodiguer cette suprême essence
Qui donne le bonheur, l'espérance et la foi.

Le bonheur n'est-il pas avec la chaste muse
Célébrant tour-à-tour les anges et les fleurs ?...
— Le poète est sans fard, son esprit est sans ruse ;
Ses chants harmonieux tarissent nos douleurs.

L'espérance, ici-bas, jamais ne l'abandonne :
Et souvent sur son front, dans ses songes divins,
Il entrevoit briller l'immortelle couronne,
Que le Christ a promise aux malheureux humains.

La foi, pour le penseur, est la lumière sainte,
Un trésor, que son cœur ne saurait oublier. —
Quand l'angélus du soir à son oreille tinte,
Aux pieds de l'Éternel, il se met à prier.

Jusqu'à mon dernier jour, j'aimerai le poète ;
Il sera mon seul guide et mon consolateur.
Má vie est toute à lui ; que n'est-elle parfaite,
Comme les doux accents de son luth enchanteur !

MES ENFANTS!...

MES ENFANTS ! . . .

—

Laissez venir à moi les petits enfants.
JÉSUS-CHRIST.

Venez, enfants !.... venez, seul espoir de ma vie !...
Vous faites mon délice et ma félicité.
Vous me réjouissez.... et mon âme attendrie
Voudrait vous voir heureux toute une éternité.

Vous calmez mon esprit dans mes jours de souffrance
Vous apaisez mon cœur trop souvent agité ;
Vous êtes tout mon bien, toute mon espérance....
Votre amour me ranime et me rend ma gaîté.

Sans vous, point de bonheur, ô doux enfants que j'aime!
Sans vos baisers, la vie est un morne désert....
Sans vous, l'ennui dévore, et je vois en moi-même
Un abîme sans fond où mon regard se perd !....

LE CHAMPAGNE.

LE CHAMPAGNE.

Vin de champagne, enivrante maîtresse,
Viens, le front libre et les cheveux épars !...
Brise à ton tour le joug qui nous oppresse,
Et de ton prisme éblouis nos regards.

Gustave Nadaud.

Vin de champagne,
Jus de cocagne,
A ta chaleur
Renaît mon cœur !
Rien ne m'oppresse,
Je le confesse,
Quand ton esprit
Me réjouit.

Je suis heureux, lorsque ma coupe est pleine
De ce nectar qui séduirait les dieux. —
Tout disparaît, le chagrin et la peine....
La vie alors est un bien précieux.

Vin de champagne,
Jus de cocagne,
A ta chaleur
Renaît mon cœur !
Rien ne m'oppresse,
Je le confesse,
Quand ton esprit
Me réjouit.

Démon nerveux, tu rends à l'espérance
L'infortuné sevré de tout bonheur.
Tu nous fais croire à la rare constance
De nos lutins à l'œil fascinateur.

Vin de champagne,
Jus de cocagne,
A ta chaleur
Renaît mon cœur !
Rien ne m'oppresse,
Je le confesse,
Quand ton esprit
Me réjouit.

Quand près de nous se meurt la conscience,
Par toi l'on croit même à la probité.
Le sot, enfin, est rempli de science
Et le mensonge est une vérité.

Vin de champagne,
Jus de cocagne,
A ta chaleur
Renaît mon cœur !

Rien ne m'oppresse,
Je le confesse,
Quand ton esprit
Me réjouit.

Philtre adoré, tu chasses la tristesse
Qui trop souvent envahit notre cœur;
Et, si parfois la douleur nous oppresse,
Tu la guéris, mieux qu'un savant docteur !...

Vin de champagne,
Jus de cocagne,
A ta chaleur
Renaît mon cœur !
Rien ne m'oppresse,
Je le confesse,
Quand ton esprit
Me réjouit.

Puisque par toi la vie est si parfaite,
Buvons toujours ! et n'oublions jamais
Qu'avec toi seul il n'est point de défaite... —
Vin pétillant, sois à nous désormais !

Vin de champagne,
Jus de cocagne,
A ta chaleur
Renaît mon cœur !
Rien ne m'oppresse
Je le confesse,
Quand ton esprit
Me réjouit.

A MADAME M... P...

A MADAME M... P...

—

Le soleil dans l'espace est moins beau que votre âme !
L'étoile au firmament brille moins que vos yeux !
Votre esprit, votre cœur et vos attraits, madame,
Forment un tout charmant, sublime, harmonieux.....

Tel est votre portrait : — il a ravi mon être,
Comme les sept couleurs, qui, dans l'immensité,
Viennent après l'orage et semblent nous promettre
Un lendemain brillant, plein de sérénité.

PHŒDORA.

PHŒDORA.

Tout seul !.. et mon cœur brûle !... O toi que j'ai rêvée,
Femme, à mes longs baisers si souvent enlevée,
Ne viendras-tu jamais?.. viens, oh ! viens.. je t'attends !
Charles DOVALLE.

La valse aux bonds lascifs tourne encor dans ma tête,
Mon âme est toute en deuil, je songe à Phœdora.
Elle a fui loin de moi, la perfide coquette !
Elle a fui pour jamais celui qui l'adora !

Il m'en souvient toujours.... la musique enivrante
Nous enlevait tous deux par ses divins accords.....
Son beau sein palpitait, et sa lèvre brûlante
Frémissait de plaisir au contact de nos corps.

Quand l'orchestre enchanteur suspendait sa cadence,
Nous cherchions du regard un coin mystérieux
Pour causer du passé, pour rêver d'espérance....
Son œil noir, de l'amour reflétait tous les feux !

Oh ! j'étais transporté de me trouver près d'elle !... —
Nous nous parlions bien bas, nous étions tout tremblants.
Dans mon cœur pénétrait son ardente prunelle....
Je couvrais de baisers ses beaux bras nus et blancs !

Elle est partie, hélas ! oublieuse et légère,
Emportant de l'amour le précieux trésor !...
Elle m'a délaissé, moi, dont elle était fière !...
Malgré sa trahison, mon Dieu ! je l'aime encor.

MYSTÈRE.

MYSTÈRE.

—

Le cœur de l'homme est impénétrable.
FLÉCHIER.

Labyrinthe effrayant, dédale inextricable,
Que l'on nomme le cœur, qui maîtrise nos sens,
Qui rend l'humanité vertueuse ou coupable,
Qui donc peut te sonder ?... ni l'esprit, ni le temps.

Non, l'esprit ne saurait te voir ni te connaître,
Sublime faculté, principe ravissant,
Organe merveilleux, ressort qui régit l'être,
Toujours à te juger il demeure impuissant.

Le temps, noir destructeur, qui connaît toute chose,
Chancelle en frémissant, lorsqu'on parle de toi ;
Son regard est sinistre, et son front tout morose,
Comme un triste vassal, doit fléchir sous ta loi.

Dieu seul a le secret de tes pensers intimes ;
Il sait quand tu bondis pour le bien ou le mal,
Quand tu rêves d'amour, de méfaits ou de crimes ;
Lui seul peut le savoir, ô despote infernal.

ENFANTS ET FLEURS.

ENFANTS ET FLEURS.

Dieu seul a droit sur tout ce qui respire,
Ne pouvant rien créer, il ne faut rien détruire.
Hippolyte Guérin.

Ne touchez pas, enfants, aux fleurs que Dieu nous donne
Pour réjouir nos cœurs !...
Dieu gémit quand il voit déchirer leur couronne
Aux brillantes couleurs.

Les amoureux zéphyrs, en parcourant l'espace,
Seront tout embaumés,
Si vous laissez les fleurs s'élever avec grâce
Vers les astres charmés.

L'insecte au vol léger qui parfois se repose
Sur leur calice d'or,
Souffrira, si vos mains brisent la fleur éclose,
Son doux bien, son trésor.

Oh ! ne les touchez pas, méchants à folle tête !
Trop courts sont leurs destins !...
Laissez vivre les fleurs pour charmer du poète
Les sublimes instincts !...

LE PAUVRE MEUNIER.

LE PAUVRE MEUNIER.

—

> Si vous vouliez m'entendre,
> Je serais
> Respectueux et tendre.....
>
> Gustave NADAUD.

Que faut-il faire
Pour bien vous plaire?
En vous j'ai foi,
Répondez-moi !... —
A l'instant même,
Bonheur suprême !...
J'obéirai,
Je le ferai ! —

Le meunier d'un village
Était fort amoureux
D'une fille fort sage,
Aux beaux yeux langoureux;
Et l'amour qui rend bête,
Suivant une chanson,
Avait tourné la tête
A ce pauvre garçon.

Il aurait fait pour elle
Ce qu'elle aurait voulu. —
Sa peine était cruelle,
Il en était *moulu*. —
« Nenni! — disait la belle,
« Je ne veux pas de vous!
« Je veux rester fidèle
« A mon futur époux. »

Le futur de la belle
Était un beau fermier;
Aussi la jouvencelle,
Riait du bon meunier. —

Plus blanc que sa farine,
Le pauvre Jean faisait
Une bien triste mine....
— Il en dépérissait.—

Enfin, le jour approche....
On va se marier ! ! !
Pas un mot de reproche
Ne fit le bon meunier.
Il revint au village,
Et dit : — « Plus de plaisir !...
« Adieu, femme volage ;
« Pour toi, je vais mourir !.. »

Mais la dame Sagesse,
Qui le suivait de près,
Lui dit : « Allons, jeunesse,
« Soyez donc sans regrets ;
« Il est mainte fillette
« Qu'un jour vous aimerez....
« Bientôt, sous la coudrette,
« A d'autres redirez :

« Que faut-il faire
« Pour bien vous plaire ?
« En vous j'ai foi,
« Répondez-moi !... —
« A l'instant même,
« Bonheur suprême !...
« J'obéirai,
« Je le ferai ! — »

—⋄○⋄—

ADIEU !!

ADIEU ! !

—

> Mon âme a plus de feu que vous n'avez de cendre !
> Mon cœur a plus d'amour que vous n'avez d'oubli !
>
> V. Hugo.

Pourquoi briser ainsi cette chaîne si douce
D'espérance et de foi, que l'on appelle amour ?...
Si votre cœur, fané comme le brin de mousse,
Fut, hélas ! ébloui de l'éclat d'un beau jour,
Fallait-il pour cela mentir à vos promesses,
Et détruire à jamais le repos du rêveur
Dont l'âme tout entière avait trop de faiblesses
Pour vous, ange et démon au regard séducteur.

Votre cœur est de marbre, insensible est votre âme !
Vous avez cru m'aimer, — perfide illusion ! —
Tout a passé chez vous, trop ravissante femme !....
Votre amour a duré comme une vision
Qui fascine nos yeux, semblable au météore
Dont le rapide éclair s'éclipse sans retour.
Vos serments semblaient vrais ; je m'en souviens encore.
C'était un jeu pour vous, quand vous parliez d'amour !

Et pourtant, dans mes bras, vous me disiez : *je t'aime ;*
Votre main, qui tremblait, m'attirait près de vous...
De baisers votre bouche, en son délire extrême,
Couvrait mon front brûlant, penché sur vos genoux !...
De grâce, répondez !.... que pensiez-vous, Madame ?...
Était-ce un souvenir, qui s'envolait aux cieux,
D'un monde regretté dans le fond de votre âme, —
Miroir étincelant de l'éclat de vos yeux ?.......

Vous ne répondez rien !... et votre froid silence
Est pour moi plus poignant qu'un insultant mépris !....
Vous ne me dites rien ! . pas un mot d'espérance
Pour consoler mon cœur gémissant et surpris !.....

Eh bien ! soyez heureuse !.... et loin de vous, cruelle,
Je vivrai désormais ; car vous me réprouvez....
Et, malgré vos rigueurs, ô coupable infidèle,
Je n'oublirai jamais..... tout ce que vous savez !

FLEURS DU PASSÉ.

FLEURS DU PASSÉ.

—

> Dans l'ombre de mon cœur mes plus fraîches amours,
> Mes amours de seize ans refleuriront toujours.
>
> BRIZEUX.

Laissez-moi vous revoir, petites fleurs que j'aime....
Laissez-moi vous revoir, images d'autrefois !
Vous qui fûtes jadis le coquet diadème
Des beautés qui longtemps m'imposèrent leurs lois.

Hélas ! vous vous fanez; car ici-bas tout passe !...
Le destin de ce monde est le cruel faucheur.
Des plaisirs envolés il ne reste de trace
Que dans les doux pensers qui ravivent mon cœur.

Le temps, qui détruit tout, a laissé dans mon âme
Le mirage attrayant d'un passé gracieux. —
Chères petites fleurs, votre aspect seul m'enflamme....
Avec amour sur vous je repose mes yeux.

Ah! c'est qu'il me souvient des regards pleins d'ivresse
Des séduisants lutins qui berçaient mon printemps.
Je n'ai rien oublié. — Rêves de ma jeunesse,
Vous exaltez mon cœur.... mais où sont mes vingt ans?..

S'il me faut vous quitter, à mon heure dernière,
Je vous contemplerai les yeux baignés de pleurs.
Vous fûtes mon trésor, ma vie et ma lumière:
Le précieux dictame endormant les douleurs.

AUX CHANTEURS DU BON DIEU.

AUX CHANTEURS DU BON DIEU.

> Arbres hospitaliers ; prêtez-leur vos ombrages,
> Sur eux avec amour penchez vos bras amis.
>
> Félicie d'Ayzac.

Petits oiseaux, chantez sous la verte feuillée !
L'hiver est loin de nous ; réjouissez nos cœurs.
Chantez, bardes ailés ; votre troupe éveillée
Sur la terre souvent a calmé les douleurs.

L'hirondelle revient, et la fraîche prairie
Est un mouvant tapis parsemé de fleurs d'or. —
Fauvette et rossignol, pour égayer la vie,
Par vos chants printaniers ranimez-nous encor !

Dans les champs reverdis, je revois l'alouette ;
Légère, elle sautille au milieu des guérets ;
Dans notre âme, à son cri, le plaisir se reflète ;
Et son joli refrain dissipe nos regrets.

Chantres mélodieux, hôtes du frais bocage,
Vous qui nous revenez avec les plus beaux jours,
Vous qui nous ravissez par votre gai langage...
Pourquoi, petits oiseaux, ne pas chanter toujours ? —

III

Tu n'as rien fait qu'on ne l'admire ;
Rien de toi n'est perdu pour nous.
Alfred de Musset.

Musette, tu gémis... — pauvre enfant de bohème,
Unissons nos regrets à ton chagrin extrême ;
Rien ne peut adoucir les maux que nous souffrons !! —
Gardons dans notre cœur un souvenir durable ;
Et, si Murger n'est plus, sa verve inimitable
Ravira bien longtemps nous tous qui le pleurons.

ZÉLIA.

ZÉLIA.

—

> Pour toi j'aurais donné de mon sang la moitié,
> Pour toi j'aurais au ciel dérobé l'ambroisie ;
> Et qu'as-tu fait de moi de tant d'amour saisie ?
> Un pauvre fou sans tête et qui fait grand'pitié.
>
> Alfred Busquet.

Tu bannis loin de toi celui que dans l'ivresse
Tu savais appeler par les noms les plus doux.
Parle : quels sont mes torts, perfide enchanteresse,
Pour m'accabler ainsi de ton sombre courroux ?

Mon amour, tu le sais, est plus grand que le monde ;
Te plaire et t'adorer, c'est là tout mon désir ;
A toi seule je pense, et dans la nuit profonde
Mon esprit n'est troublé que par ton souvenir.

Et, malgré cet amour qui consume mon être,
Tu t'éloignes de moi, comme d'un paria ;
Tu délaisses l'idole à qui tu fis connaître
Les secrets de ton cœur, ô belle Zélia !

Si tu veux désormais que dans l'exil je vive,
Par pitié, dis-le moi, pour m'apprendre à mourir
Prononce mon arrêt.... va, ne sois pas craintive ;
S'il te faut mon trépas, je saurai t'obéir.

PETIT MOULIN.

PETIT MOULIN.

Ah ! Dieu sait que je l'aime
Invariablement !
Et j'en suis toute blême
D'y penser seulement.
Pierre DUPONT.

De mon joli moulin écoutez le tapage ;
De son joyeux tic-tac entendez-vous le bruit ?..
Je sais plus d'un galant de notre voisinage,
Qui rôde tout autour et le jour et la nuit.

Tourne sans cesse,
Petit moulin ;
Pour toi d'ivresse
Mon cœur est plein.

Pendant qu'un soir d'été je me trouvais seulette,
Le seigneur du canton vint me serrer la main;
Il me dit : « Sois à moi, ma gentille brunette;
Dans mon riant château tu règneras demain. »

Tourne sans cesse,
Petit moulin;
Pour toi d'ivresse
Mon cœur est plein.

Non, non, je ne veux pas, pour or ni pour couronne,
Trahir tous les serments qu'un jour a faits mon cœur;
Oh ! ne me parlez pas d'être riche et baronne;
A ce prix, j'aime mieux le repos et l'honneur !

Tourne sans cesse,
Petit moulin;
Pour toi d'ivresse
Mon cœur est plein.

Si, dans vos grands palais où le luxe étincelle,
La vertu n'est qu'un mot, dont vous riez tout bas,
Sous nos rustiques toits, l'âme est toujours rebelle
A tous ces beaux discours qui ne la tentent pas.

Tourne sans cesse,
Petit moulin ;
Pour toi d'ivresse
Mon cœur est plein.

Mon cœur est à Jeannot, c'est lui seul que j'adore.
L'hymen par nous rêvé, le ciel le bénira ;
Je ne serai qu'à lui ; je vous le dis encore,
A son amour jamais nul ne me ravira.

Tourne sans cesse,
Petit moulin,
Pour toi d'ivresse
Mon cœur est plein.

A MADAME R... B...

A MADAME R... B...

—

Quand le printemps renaît, notre âme est radieuse ;
Nous songeons au plaisir, à la félicité ;
Il n'est plus de chagrins, et notre humeur joyeuse
Dissipe nos ennuis et nous rend la gaîté.

Comme le doux printemps, vous effacez, madame,
Les tristes souvenirs qui tourmentent le cœur ;
Chacun de vos amis vous fête et vous réclame ;
Car vous êtes pour eux l'étoile du bonheur.

ANIMA MEA.

ANIMA MEA.

—

> Comme deux rayons de l'aurore,
> Comme deux soupirs confondus,
> Nos deux âmes ne forment plus
> Qu'une âme, et je soupire encore !
>
> LAMARTINE.

Rêve des jours heureux, noble appui de ma vie,
Ange de mon foyer, je t'aime avec ardeur !
Je regrette souvent, ô ma sincère amie,
La peine qu'autrefois j'ai pu faire à ton cœur.

Esprit vif, pénétrant, âme pure et suave,
Si parfois tu souffris de ma légèreté,
Mon cœur, comme un volcan, a rejeté la lave,
Et chassé les erreurs d'un cerveau tourmenté.

Maintenant, tu le sais, ô ma belle adorée!
Je me suis retrempé dans l'éclat de tes yeux;
D'un suprême plaisir mon âme est enivrée;
Car j'ai lu le bonheur sur ton front radieux.

OÙ EST LE BONHEUR?

OÙ EST LE BONHEUR ?

—

> Plus je sonde l'abîme, hélas ! plus je m'y perds.
> Ici-bas, la douleur à la douleur s'enchaîne ;
> Le jour succède au jour, et la peine à la peine.
>
> LAMARTINE.

Rêves d'amour, d'espérance et de gloire,
Songes trompeurs, à vous je ne crois plus !..
Fuyez, fuyez, tourments de ma mémoire !
Vous ne laissez que regrets superflus !...

Quand la nuit sur mon front met les plis de son voile,
Je descends en moi-même et me dis tristement :
« Où donc est le bonheur ?... cette brillante étoile,
« Est-elle sur la terre ou dans le firmament ?... »

Je cherche vainement.... et mon âme affaissée
Ne rencontre partout que le plus froid néant
Qui déchire le cœur, torture la pensée....
Et, d'homme que je suis, je redeviens enfant. —

Non ! le bonheur n'est point sur cette pauvre terre
Où l'on souffre, où l'on meurt, de tous abandonné !...
Tout est peine, douleur, déception, misère.... —
Le bonheur que l'on rêve..... au ciel nous est donné.

—⋄⊖⋄—

A MON PÈRE, A MA MÈRE.

A MON PÈRE, A MA MÈRE.

—

> A son dernier soupir, mon âme défaillante
> Bénira les mortels qui firent mon bonheur,
> On entendra redire à ma bouche mourante
> Leurs noms si chéris de mon cœur !
>
> LAMARTINE.

J'ai chanté l'amitié, cette fleur de notre âme
Dont les parfums si purs pénètrent tous les cœurs.
J'ai chanté de l'amour la douce et vive flamme,
J'ai chanté le printemps, les oiseaux et les fleurs.
Je veux chanter aussi ma bonne et tendre mère,
Mon père bien aimé, tous deux si vertueux,
Modèles de bonté que toujours je révère
Dans le fond de mon cœur qui d'amour bat pour eux.

Mon âme aura sans fin de la reconnaissance
Pour les êtres sacrés que Dieu mit devant moi;
Car on ne doit jamais perdre la souvenance
De leurs soins bienveillants, quand on a de la foi. —
Le Très-Haut nous a dit : « Honore ton vieux père ;
« Sois pour lui dévoué, soumis et généreux;
« Selon la loi divine, honore aussi ta mère :
« C'est là ton seul devoir, si tu veux être heureux. »

Aussi je veillerai sur eux; car, dans ma vie,
J'eus souvent des chagrins adoucis par leur cœur,
Des tourments apaisés par leur voix si chérie
Qui vibra dans mon âme empreinte de douleur.
Ah ! c'est qu'ils sont encor, pour moi, dans la tempête
Un phare étincelant qui me conduit au port,
Un astre radieux dont la lueur reflète
Ses rayons consolants sur mon fragile bord.

Je comprends, ô Seigneur, que je ne puis leur rendre
Ce qu'ils firent pour moi lorsque j'étais enfant ! —
Dévoûment, patience, affection bien tendre,
Vous êtes dans mon cœur gravés profondément !

O ma mère adorée et vous, vénéré père !...
Croyez en mon amour comme l'on croit en Dieu ;
Je n'oublirai jamais vos noms dans ma prière
Aujourd'hui, tous les jours, ici, comme au saint lieu.

PATRIA!...

PATRIA !...

—

> Heureux qui sur ces bords peut longtemps s'arrêter !
> Heureux qui les revoit, s'il a pu les quitter !
>
> A. Guiraud.

Près du toit maternel il n'est plus de tristesse,
Là, des jours écoulés renaissent les plaisirs....
On pense à ses amis, à sa belle maîtresse,
Aux lieux de son enfance, emplis de souvenirs.
Mais, s'il faut le quitter, sur notre âme accablée
Le ciel le plus brillant jette une sombre nuit;
Notre vie, en exil, se consume isolée;
Partout, pays natal, ton image nous suit!...

PAQUITA.

PAQUITA.

—

> Tu m'entoures d'auréoles ;
> Te voir est mon seul souci;
> Il suffit que tu t'envoles
> Pour que je m'envole aussi.
>
> Victor Hugo.

O jeune fille,
Sous ta mantille,
Ton regard brille
Comme l'étoile au firmament.

Dans une fête,
Ta brune tête,
Que rien n'arrête,
Par sa beauté fait mon tourment.

10

Ton doux sourire
Fait mon délire;
Et je soupire
En t'adressant mes chants d'amour.

Fleur de ma vie,
Tout me convie,
L'âme ravie,
A célébrer cet heureux jour.

Sous ma chaumière,
Dans ma prière,
Sois ma lumière,
Rayon du ciel en qui j'ai foi !

Hélas ! je pleure
Dans ma demeure;
Ah ! que je meure
Si je dois vivre loin de toi !

DESPERANZA.

DESPERANZA.

—

« Le malheur c'est d'être né. »
SHAKSPEARE.

O Mort, viens dans mes bras ! accours, je t'en supplie ;
Les chagrins d'ici-bas ont lacéré mon cœur;
Du calice j'ai bu l'amertume et la lie ;
Toi seule, je le sens, peux me rendre au bonheur.

O Mort, emporte-moi dans ton pâle suaire ;
Ton mystère promet le repos éternel !
Viens me précipiter dans l'immense ossuaire
Dont l'aspect glacial émeut le criminel !

Je ne regrette rien des choses de la terre,
Sous le joug du malheur contraint de me plier ;
Je regrette pourtant.... oh ! non : je dois me taire....
J'ai trop souvent douté pour ne pas oublier.

J'ai douté de l'honneur, de l'amour, de la gloire,
De la sainte amitié, présent qui vient du ciel.
Hélas ! tout m'a trahi ; j'ai, là, dans ma mémoire,
De poignants souvenirs plus âcres que le fiel.

Triste fatalité, mon courage succombe !
Je ne puis endurer tant d'horreurs, tant de maux ;
Je t'implore, ô trépas, sombre nuit de la tombe,
Pour échapper enfin au monde, à ses échos.

FIN

TABLE.

TABLE.

—

FIN DE LA TABLE.

Marseille. — Typ. et Lith. Barlatier-Feissat et Demonchy

www.ingramcontent.com/pod-product-compliance
Ingram Content Group UK Ltd.
Pitfield, Milton Keynes, MK11 3LW, UK
UKHW012039240726
13965UKWH00003B/895

9 782013 370332